Marianne Reiß

Reiß-Wolf
sucht Familie

Geschichten vom Philip

Impressum

Lektorat: Alexander Hoffmann, Wissembourg/France
Illustration: Anneke Reiß-Maaoui M.A., Bremen

Bibliographische Information der Deutschen
Nationalbibliothek
Die Deutsche Bibliothek verzeichnet diese Publikation in
der Deutschen Nationalbiblliografie; detaillierte
bibliografische Daten sind im Internet über
http://dnb.dnb.de
abrufbar

© 2017 Marianne Reiß
Neuauflage 2022
Herstellung und Verlag
BoD – Books on Demand, Norderstedt
ISBN: 9783744814027

für
Anneke und Marten

Inhalt

Ein Wort zuvor

Ein Leben ohne Hund ist – frei nach Loriot – möglich, aber sinnlos. Unser Familienhund Philip sah das auch so. Ohne ihn wäre unser Leben fast frei von Aufregungen aller Art gewesen. Aber es wäre auch frei von schönen Erlebnissen gewesen, für die der Philip als Frauchenversteher, Kinderfreund und Kuschelbruder immer wieder sorgte.

Er kam als Welpe in unsere Familie. Gefunden an der Autobahn. Und eigentlich sollte er nicht bleiben. Aber es kam anders...

Nachdem die Kinder aus dem Haus waren, sorgte der Philip dafür, dass die Alltagsroutine nicht ins Stocken kam. Dreimal täglich an die frische Luft, morgens und abends das Futter nicht vergessen und zum gemeinsamen Fernsehabend Pfote in Hand auf die Couch. Das hatte er gern. Dazwischen viele Streicheleinheiten und immer wieder die Bestätigung, dass er ein schöner Hund ist, ein sehr schöner sogar. Das brauchte er.

Seine Aufgabe war es, die Herzen und Füße seiner Menschenfamilie zu wärmen, was insbesondere die weiblichen Familienmitglieder sehr schätzten. War einer von uns krank, ließ er sich neben dem Bett nieder und wartete geduldig auf die Genesung des Erkrankten. Wann immer wir das Haus verließen, wusste er instinktiv, ob er mit durfte oder nicht. Wenn er durfte, tanzte und lachte er. Durfte er nicht, legte er sich – ein Bild des Jammers – vor die Haustür und ergab sich seinem Schicksal. Bald erkannten wir, dass er die Wartezeit gern im Lieblingssessel der Hausherrin verbrachte. Das verriet die leichte Sandspur, die wir manchmal auf dem Polster fanden.

Er liebte es, beim wöchentlichen Hausputz zu helfen. Besonders das Zusammengefegte erregte sein Interesse. War alles genauestens auf noch Brauchbares untersucht, legte er sich obenauf und verhinderte so, dass der Staub der letzten Woche aus den Augen und dem Sinn verschwand. Ein bisschen davon blieb immer in seinem Wuschelfell zurück, was auch die Sandspur auf dem Sessel schlüssig erklärte.

In unserer Wohnung beanspruchte er in jedem Zimmer einen bestimmten Platz. So konnte er immer, wenn seine Menschen ihren häuslichen Tätigkeiten nachgingen, sich ebenfalls dort häuslich niederlassen. In der Küche blockierte er die Schranktür, hinter der der Abfall gesammelt wurde. Im Arbeitszimmer ließ er sich bevorzugt auf der Gästecouch nieder. Dabei quasselte er beständig. Er fiepte, schnüffelte und grummelte hörbar. Das fiel uns in den ersten Jahren zwar auf, aber wir haben es nicht wirklich wahrgenommen. Erst seit ich begonnen hatte, in meinem Arbeitszimmer Radiosendungen aufzunehmen, war seine kommunikative Beteiligung in den Aufnahmen sehr deutlich zu hören. Besonders als es um eine Sendung über Hunde ging und sein Name des öfteren fiel. In dieser Radiosendung passte das sehr gut, in anderen musste ich diese Sequenzen so gut es ging herausschneiden. Ihn für diese Zeit in ein anderes Zimmer zu sperren, war keine Option. Dann bellte und jammerte er so lange, bis er wieder mit seinem Menschen vereint war.

17 Jahre lebte er in unserem Haushalt. Dann mussten wir ihn gehen lassen.

Bremen, Juli 2022
Marianne Reiß

Auf den Hund gekommen

Es ist eine finstere Nacht ohne Mond und Sterne. Ich bin mit dem Auto auf dem Rückweg von einem Geburtstag in Salzgitter-Bad nach Braunschweig. Kurz vor der Autobahn läuft plötzlich ein Fuchs über die Landstraße. Ich steige auf die Bremse. Das ist noch mal gut gegangen. Gerade will ich wieder Gas geben, da sitzt etwas im Lichtkegel. Ist das etwa ein Hund? Dunkles Wuschelfell, drei glänzende Punkte im Gesicht, einer davon wahrscheinlich die Nase.

Dann ist er plötzlich in der Dunkelheit verschwunden. Den darf ich hier nicht frei herumlaufen lassen. Ich fahre das Auto vorsichtig an den Straßenrand und steige aus. Es ist so stockdunkel, dass ich die Straße nicht sehen kann. Ich gehe langsam den Weg zurück... Nichts. Ich muss mich geirrt haben, drehe mich um und gehe zum Auto zurück. Da fühle ich plötzlich etwas Weiches und Warmes an meinem Bein. Das ist der Moment, in dem mir erste Zweifel kommen: „Oh weh, hoffentlich ist das wirklich ein Hund!" schießt es mir durch den Kopf.

Aber jetzt ist nicht die Zeit, darüber nachzudenken, was es noch sein könnte. Vorsichtig gehe ich zum Auto zurück, immer den Fellkontakt am Bein, öffne die Autotür, hieve das Wesen in den hinteren Fußraum, begebe mich ans Steuer und setze meinen Weg fort. Das Wesen gibt keinen Laut von sich.

Wie unheimlich das ist, wenn da etwas im eigenen Auto hockt, von dem man nicht weiß, was es ist und das nichts sagt. Um mich und das Fellknäuel zu beruhigen, erzähle ich uns für den Rest der Fahrt das Märchen vom Wolf und den sieben Geißlein. Zwischendurch rufe ich per Handy meine Kinder an und bitte sie, den Rest Gehacktes aus dem Kühlschrank zu holen. Ich hätte einen hungrigen Gast dabei. Sie sollen auch ein Stück Schnur mit auf die Straße bringen, damit er uns nicht ausrückt. „Wie bitte?" fragen die Kinder, „wen bringst Du mit?" „Das weiß ich auch nicht so genau. Eins ist sicher, es ist kein Mensch. Lassen wir uns überraschen."

Als ich in unsere Straße einbiege, stehen die Kinder schon draußen und warten gespannt darauf, was ihre Mutter mitten in der Nacht anschleppt, das Hunger hat und offenbar mit einer Schnur gefesselt werden muss. Das Wesen springt aus dem Auto und wedelt auf die Kinder zu. Von wegen Schnur, die brauchen wir nicht. Es folgt den Kindern zutraulich in unsere Wohnung und macht sich als erstes über das Gehackte her. Jetzt bei Licht besehen, stellt sich heraus, dass ich mich nicht geirrt habe. Es ist ein junger Hund. Die Kinder sind begeistert und wollen ihn behalten. „Das geht nicht", sage ich zu ihnen, „wir wissen nicht genau, ob er ausgesetzt worden ist. Vielleicht sucht ihn jemand."

Noch ist die Nacht nicht vorbei und die Familie braucht ihren Schlaf. Wohin mit dem unerwarteten Gast? Wo soll er schlafen? Ist er überhaupt stubenrein? Uns kommen da gewisse Zweifel, die er auch gleich nach seiner Ankunft auf dem Flurteppich bestätigt hatte. Das soll nicht noch einmal passieren. Also sperren wir ihn in die Küche und bauen eine Barrikade vor die geöffnete Tür. Dass solche Hindernisse für den Philip keine sind, wird er in Zukunft mehr als einmal beweisen. Jedenfalls kommt er mir am nächsten Morgen freundlich wedelnd aus einem der Kinderzimmer entgegen.

Was nun? Behalten können wir ihn nicht. Ein Anruf bei der Polizei bringt Schwung in die Angelegenheit. Der

Freund und Helfer alarmiert das zuständige Tierheim. Dort bringen wir ihn schweren Herzens hin. Meine Tochter wird wohl nie vergessen, wie ihr zumute war, als sie den sich sträubenden Welpen in den Quarantänezwinger schieben musste.

Das Tierheim verspricht, eine Suchanzeige aufzugeben und sich besonders nett um ihn zu kümmern. Traurig fahren wir ohne ihn nach Hause. Zwei Tage lang ist die Stimmung der Familie mehr als gedrückt. Dann die Erlösung: Das Tierheim ruft an und fragt, ob wir den Hund aufnehmen könnten, bis sich eventuell sein Besitzer meldet. Er würde nichts fressen, rühre auch den Wassernapf nicht an und hätte den Tierarzt gebissen.

Das lassen wir uns nicht zweimal sagen. Die ganze Familie springt ins Auto und fährt mit Überschallgeschwindigkeit zum Tierheim. Da sitzt er und wird schier verrückt vor Freude. Hat ganz offenbar auf seine neuen Herren gewartet und sich von anderen nicht anfassen lassen. Wir nehmen ihn mit nach Hause - wo er sich ja schon auskennt - und hoffen, dass ihn niemand sucht. Noch einmal möchten wir ihn nicht hergeben. Das müssen wir auch nicht. Inzwischen lebt er schon viele Jahre bei uns und ist ein Teil der Familie.

Nomen est Omen

Je größer eine Familie ist, umso schwieriger ist es, einen Namen für ein neues Familienmitglied zu finden. Jeder von uns kennt bei fast jedem Vorschlag jemanden, der es nicht wert ist, als Namensgeber zu fungieren. Dennis? Oh nein, das war doch der, mit dem die Kinder sich oft auf dem Schulweg geprügelt haben. Charlie geht auch nicht. So einer hatte sich bei einer anderen Gelegenheit daneben benommen. Manni? Bloß nicht.

Reißwolf! Er gehört zur Familie Reiß und stammt vom Wolf ab. Was läge näher? Auch macht er diesem Namen alle

19

Ehre, wann immer es ihm gelingt, einen Eierkarton aus dem Papiermüll zu retten. Dann fliegen die Fetzen.

Aber im Ernst, mit einem Reißwolf durch den Bürgerpark zu schlendern, könnte zu Komplikationen führen. Eingedenk der Tatsache, dass der Name Programm sein könnte, entscheiden wir uns dagegen. Das wollen wir lieber nicht riskieren. Auch ist offensichtlich, dass dieser Reißwolf in einem wuscheligen Schafspelz steckt. „Reißwolf im Schafspelz" hinter ihm her zu rufen, um ihn von allem möglichen Treiben abzuhalten, erscheint uns unpraktikabel. So rein phonetisch. Bis dieser Name fertig ausgesprochen ist, wird sein Träger das, wovon er abgehalten werden soll, längst erledigt haben. Natürlich hat er damit für die Zukunft seinen Beinamen weg.

In diesem Stil geht es weiter. Endlich einigt man sich auf Philipp. Mit einem Philipp hat noch keiner von uns schlechte Erfahrungen gemacht. Alle sind zufrieden. Der Hund und wir gewöhnen uns schnell an den neuen Namen.

Das geht einen Monat gut, bis unsere neuen Nachbarn in die Wohnung gegenüber einziehen. Uns trifft fast der Schlag, als wir ihren Namen auf dem Briefkastenschild sehen: Philipp! Wir einigen uns mit den Neuen darauf, unseren Philip nur mit einem p am Ende zu schreiben.

Natürlich ist unser Philip damit etwas ganz Besonderes. Solange die Philipps von gegenüber in unserem Hause wohnen, hat er einen eigenen Briefkasten.

Was Hänschen nicht lernt...

Als der Philip bei uns einzog, hatte er eine Größe, von der anzunehmen war, dass er gerade noch in unsere Wohnung passte. Doch dann fing er an zu wachsen. 30 cm Schulterhöhe und noch kein Ende abzusehen. Wenige Monate später 40 cm! Wo sollte das enden? Nach einem guten Jahr hatte er die 50-Marke erreicht und stellte das Wachstum ein. Viel mehr hätte es auch für unsere kleine Küche nicht sein dürfen, die er gerne belagert, weil dort oft etwas Essbares herunter fällt.

Auch etwas anderes wurde der Familie erst durch das Zusammenleben mit ihm bewusst. Hundemänner müssen durch beständiges Üben lernen, ein Bein zu heben. Anfangs stützte sich der Philip bei seinem Geschäft mit einem Hinterbein an Bäumen oder Pfeilern ab. Verfehlte er einen Baumstamm, fiel er mitten drin einfach um. Mit der Zeit wurden seine Hilfsmittel immer kleiner. Es reichten größere Steine, schließlich Maulwurfs-hügel und dann – irgendwann – konnte er es. Perfekt im Dreibein-Freistand. Faszinierend!

Die Leberpastete

Der Philip ist erst vor wenigen Wochen bei uns eingezogen. Für seine Familie eine zu kurze Zeit, die Intelligenz eines Hundes in ihrem ganzen Ausmaß einschätzen zu können. Woher sollen wir mit unseren kleinen Menschenhirnen auch wissen, dass Hundenasen jedes Versteck aufspüren? Wirklich jedes!

Aber der Reihe nach. Ein großes Familienfest ist anberaumt. Die Vorbereitungen für das Buffet sind in vollem Gange. Es wird gebrutzelt, geköchelt, gebacken und gesotten. Alle waagerechten Flächen in der Wohnung sind mit diversen Kuchen, Suppentöpfen,

Käse-und Aufschnittarrangements, Nach-
und Vorspeiseschüsseln belegt.

Mitten hinein in das leckere
Durcheinander trifft der dänische Freund
der Familie ein. Er ist beladen mit
Zutaten für eine Pastetenplatte, die er
eigens für dieses Fest mitgebracht hat:
Eine große Packung dänische Leberpastete, Gläser mit roter Bete und
dänischen sauren Gurken. Auch
getrocknete Zwiebeln aus unserem Nach-
barland fehlen nicht sowie – in weiser
Voraussicht – eine große silberne Platte,
von der der Freund ahnt, dass sie in
unserem Haushalt nicht zu finden ist. Die
Dänen wissen eben kultiviert zu tafeln.

So ausgerüstet begibt er sich in der
Küche ans Werk. Die Leberpastete wird
in gleichmäßige Scheiben geschnitten
und fächerförmig auf der silbernen
Platte angerichtet. Champignons braucht
er auch. Die schneidet er in akribisch
dünne Scheiben und röstet sie –
Scheibchen für Scheibchen – in reichlich

Butter. Allein dieser Arbeitsschritt braucht alle Zeit der Welt. Am Ende präsentieren alle Champignonscheiben einen gleichmäßig sanften Röstrand. Jedes für sich ein Bild für die Göttinnen, werden sie um die Leberpastete herum auf der Platte drapiert. Der Däne lässt sich von der Hektik um sich herum nicht stören. Er arbeitet konzentriert und länger, als irgendeines der anderen Buffet-Zutaten an Vorbereitungszeit benötigt hat. Zum Schluss schneidet er die dänischen sauren Gurken in feine Streifen und setzt sie mitsamt der Rote Bete-Scheiben zu den anderen *Draperien*. Ein wahrer Künstler mit unbestreitbar architektonischem Scharfblick und Sinn für das Schöne. Das, was da unter seinen fähigen Händen entstanden ist, übertrifft rein optisch alles, was sonst noch auf dem Buffet angeboten werden wird.

Doch noch sind die Gäste nicht da. Wo soll das Prachtstück von Pastetenplatte aufgehoben werden? Es ist November und kühl draußen. Der Balkon ist der ideale Platz für eine so große Platte. „Aber kommt denn der Philip nicht an die Leberpastete?" fragt der Mann aus dem Land der Dänen. „Keine Sorge, der geht nicht auf den Balkon. Nicht solange die ganze Wohnung mit Essbarem voll gestellt ist und wir in der Küche sind."

Gesagt, getan. Die dänische Leberpastete wird auf dem Fußboden des Balkons zwischengelagert. Sicherheitshalber wird eine große Plastikschüssel darüber gestülpt. So ist sie nicht mehr zu sehen und vor Fressfeinden sicher.

Dann ist es soweit. Die Gäste sind da. Die Tafelrunde wird eröffnet. Jetzt soll der Höhepunkt des Buffets vom Balkon geholt werden. Das wird jedoch über das Stadium des reinen Vorhabens nicht hinausgehen. Die Balkontür steht einen Spalt breit offen. Die große Plastikschüssel liegt in einer Balkonecke und die Leberpasteten-Platte verdient ihren Namen nicht mehr.

Auf dem Balkon finden wir nur noch die gleißend silbrige Platte, so blank geputzt wie das nur durch eine umfangreiche Reinigung zu erreichen gewesen wäre. Die Leberpastete und die Champignons mit den überirdisch sanften Rösträndern sind Geschichte. Auch die sauren Gurken. Nur noch ein paar Scheibchen Rote Bete liegen wie verloren auf dem silbernen Tablett.

Bei diesem Ereignis hat die Familie mehrere Lernschritte erfolgreich bewältigt:

Wir wissen erstens, dass Hunde alles finden, was gut riecht. Später werden wir begreifen, dass das auch auf Dinge zutrifft, die nicht gut riechen.

Wir begreifen zweitens, dass der Begriff *Hundeerziehung* vor allem bedeutet, dass ein Hund seine Menschen erzieht, lange bevor er Kunststückchen wie *Sitz, Platz* und *Bleib* beherrscht.

Wir wissen drittens, dass – sollten wir vorgehabt haben, die Pastete selbst zu essen – wir die schützende Plastikschüssel mit dem Fußboden hätten verschrauben müssen.

Last but not least haben wir viertens begriffen, dass unser Philip mit einem Elefantenmagen gesegnet ist. Ihm wird nach diesem überdimensionierten Leckerli noch nicht einmal schlecht. Beim Festessen hat er gebettelt. Obwohl er ja eigentlich nicht bettelt. Er guckt nur.

Flora und Fauna

Wer an einem verregneten Sonntag vor Tau und Tag im Park herumspaziert, ist entweder ein seniler Bettflüchter oder Hundebesitzer. Ich spaziere nicht nur sonntags, sondern an jedem Morgen mit meinem Schnauzermischling Philip durch den Park. Zu dieser frühen Stunde bin nicht ich es, die ihn an der Leine führt. Es ist eher umgekehrt.

So auch an diesem Morgen, der anfängt wie alle Sonntagmorgen. Seicht und ohne Vorkommnisse. Und wie ich schlaftrunken darüber nachsinne, warum ausgerechnet ich an einem verregneten Sonntagmorgen in der Flora herum

31

marschiere, wird die Verbindungsleine zwischen mir und dem Schnauzer hektisch straff gezogen und es piepst was.

Schlagartig bin ich wach. Der Philip ist es nicht, der kann nicht piepsen. Aber etwas in seinem Maul kann es. Oh Himmel hilf, ich hasse Gewalt. Das schlimme Vieh hat einen jungen Vogel erwischt! Ich verliere die Nerven. Hüpfe hektisch um ihn herum und schreie "Aus! Auuuuus!!!" Was mache ich denn, wenn er den kleinen Vogel jetzt halbtot ausspuckt?

Ein absolut unwürdiger Kampf entbrennt. Menschenfrau hüpft um Hundemann und versucht zu retten, was zu retten ist. Der Schnauzer wird bockig, beißt die Zähne zusammen. Der weiß, dass er das Teil gleich hergeben muss. Neeeein! Hat schon wieder gepiepst! Lebt also noch. Was mach ich denn jetzt nur? Rings um uns aufgeregtes Vogelgezwitscher. Die armen Vogeleltern!

Endlich nach gefühlt tausend Jahren gibt der Hund auf und....es fällt ein ziemlich lädierter grüner Plastikball mit Tröte aus seinem Maul. Mein Herz rast, der Blutdruck ist weiß ich wo. Was wohl der Philip von mir gedacht hat? Hoffentlich nicht das, was ich jetzt denke.

Ameisenkino

Der Philip liegt bei schönem Wetter gerne auf der Bank direkt unter der Balkonbrüstung. In jüngeren Jahren hat es ihn gestört, dass er diesen Platz mit allerlei anderem Getier teilen muss: Kohlmeisen, Rotkehlchen, Hummeln, Bienen, Käfern und Ameisen. Sehr vielen Ameisen.

Sie flitzen auf der Balustrade über seinem Kopf hin und her und her und hin, halten kurz inne, wenn sich die *von her* mit denen *von hin* treffen und eilen dann geschäftig weiter. Die einen hin, die anderen her.

Das hat System, jedenfalls sieht es bei all der Lauferei sehr professionell und zielstrebig aus. Ein großes Fest scheint es für Ameisen zu sein, wenn sie sich sammeln, um gemeinsam einen Krümel von einem Balkonkasten in den anderen zu tragen.

Der Philip, inzwischen älter und behäbiger, hat längst akzeptiert, dass er seinen Garten Eden mit artfremden Geschöpfen teilen muss. Ein Glück für das Eichhörnchen, das in letzter Zeit öfter mal bei uns vorbeischaut und ungehindert über seinem Kopf herum turnt. Auch die Kohlmeisen lassen sich von ihm nicht mehr beirren. Die Ameisen allerdings, die haben sich heute wie auch früher von ihm nicht tangieren lassen. Die sind souverän.

Es ist nicht ganz sicher, ob es an zunehmender Altersweisheit liegt, oder ob der Philip mit seinen inzwischen alten Augen nicht mehr gut sieht. Er überlässt es seinem Frauchen, das große Krabbeln in Echtzeit zu bestaunen und philosophische Fragen an das Leben zu stellen. Als da wären:

Haben Ameisen eigentlich ein Drehbuch für ihr Herumgewusel? Sie rasen und rasten so, wie es ihr gemeinsames Ziel vorzugeben scheint. Das hat für uns Menschen keine Logik, weil wir meistens einzeln denken. Bei uns ist *jeder seines Glückes Schmied* mit seinem eigenen Storyboard.

Wenn man es jedoch recht betrachtet, denken auch wir oft gemeinsam und tun gleichzeitig dasselbe.

Plötzlich färben sich alle Frauen die Haare rot, klettern überall diese lächerlichen Plastik-Weihnachtsmänner auf die Balkone. Wie auf Verabredung fahren alle silberfarbene Autos. Mal sind die Röcke gemeinsam kurz, dann sind sie alle wieder gemeinsam lang. Im Frühling machen alle gleichzeitig Diät.

Was Ameisen immer gemeinsam und Menschen oft gleichzeitig tun, ist wohl das, was die soziale Welt im Innersten zusammenhält. Es ist nicht wirklich unsere Entscheidung. Weihnachtsmänner am Balkon gibt es kollektiv zu Weihnachten. Zu Ostern wären sie ein öffentliches Ärgernis. Gartenzwerge haben einen Spaten in der Faust, keiner hat einen Dolch im Rücken. Wir sind Papst. Wir sind Weltmeister. Wir sind pleite...und immer ein bisschen wie Ameisenkrabbeln.

Von oben betrachtet macht es wahrscheinlich überhaupt keinen Unterschied. Für den Philip sowieso nicht.

Die Okertour

Freundin Anja kommt zum Vormittagskaffee. Man beschließt, das schöne Wetter für einen Spaziergang an der Oker im Braunschweiger Bürgerpark zu nutzen. Der Philip immer ein paar Meter hinterher.

Plötzlich ist er wie vom Erdboden verschluckt. In den Büschen? Fehlanzeige. Doch halt, vom Okerufer aus sind verräterische halbkreis-förmige Wellenringe zu sehen, die von einer Störung im Uferbereich zeugen. Nach der Wellengröße zu urteilen größer als eine Maus und kleiner als ein Pferd. Aha! Schauen wir nach. Und? Nix! Dafür aber einige Meter weiter eine erneute

Wellenformation. Schauen wir da. Richtig, da kauert er etwa eineinhalb Meter tief an der steilen Uferböschung und jammert leise. Hat mit seinem kleinen Hirn wohl erkannt, dass er da nie und nimmer aus eigener Kraft wieder raufkommt.

Was nun? Frauchen hinterher? Sollte die Rettung nicht gelingen, dann wenigstens ein gemeinsames Ertrinken. Es kommen zwei junge Männer in einem Kanu vorbei, die um Hilfe gebeten werden. Sie paddeln zum Philip und versuchen, ihn die steile Böschung hinaufzuschieben. Das klappt nicht. Also laden sie ihn in ihr Kanu. Da sitzt er nun zur Salzsäule erstarrt und lässt sich ein paar Meter weiter schippern. Dort hat nämlich Freundin Anja eine glitschige Treppe zur Oker hinunter entdeckt. Sie nimmt den nassen Fellbeutel in Empfang und schiebt ihn die Treppe hinauf in die Arme seines Frauchens. Nun muss nur noch Anja die glitschige Treppe wieder rauf. Schafft sie. Alles wieder gut.

Internationale Verwicklungen

Was eigentlich der Auslöser für den dramatischen Zwischenfall war, lässt sich im Nachhinein nicht so recht feststellen. Vielleicht war es der Fluch der guten Tat. Oder das Schweineohr. Könnte auch sein, dass es die Bratkartoffeln waren, die als *point of no return* die folgenden Ereignisse unumkehrbar in Gang setzten. Aber der Reihe nach.

Die Familie ist zu einer Hochzeit nach München eingeladen. Aufgrund früherer Vorkommnisse wird Schnauzermischling Philip zu Hause bleiben. Nur soviel dazu: Wir kennen ihn und wollen ihm keine Gelegenheit geben, die Feier unnötig aufzumischen. Wir hätten es besser wissen können. Gleich wird sich zeigen, dass wir um die Aufregung nicht herum kommen werden. Da, wo der Philip ist, da passiert was. Immer. Mit einer Unausweichlichkeit, die das Schicksal selbst erzwingt. Obwohl, eigentlich hat er in diesem Fall nur eine klitzekleine Nebenrolle. Dazu völlig schuldlos. Durch eine Verkettung unglücklicher Umstände wird er zwangsläufig in das Geschehen hinein gezogen. Und das kam so:

Ein Freund der Familie, ein Däne, hat sich für die *hundevagt* angeboten. Daher ist er für die drei Tage unserer Abwesenheit in unseren Haushalt eingezogen. Dazu muss man wissen, dass dieser Freund – wann immer es etwas zu reparieren gibt – mit einer wohl sortierten Werkzeugkiste anrückt. Leider ist der Grad seines handwerklichen Geschickes um einiges geringer als sein guter Wille. Wann immer er Hand anlegt, ist hinterher eine noch größere Reparatur fällig. Nun, zurzeit gibt es nichts zu reparieren und so fahren wir beruhigt davon. Wir hätten es besser wissen können. Männer mit wohl sortieren Werkzeugkisten finden immer was.

Die ersten beiden Tage verlaufen ohne Vorkommnisse. Aber dann. Am letzten Tag, also dem, an dem die Familie zurück erwartet wird, nimmt das Verhängnis um die Mittagszeit seinen Lauf. Der Däne kocht für den Schnauzer ein Schweineohr. Die Zeit ist günstig, weil die Tochter der Familie das als Vegetarierin nicht gutheißen würde. Aber keine Sorge, noch ist sie ja nicht zu Hause. Alles geht gut, der Philip bekommt sein Schweineohr.

Der Däne hat ein großes Herz. Vor seinem geistigen Auge erscheint die von der langen Fahrt ausgehungerte Familie. Er entscheidet sich für Bratkartoffeln. Damit kann man nichts falsch machen. Und solange kein Speck drin ist, wird er auch bei den vegetarisch gepolten Tischgästen damit punkten können. Für die Fleischesser muss es natürlich mit Speck sein, die sollen ja nicht darben müssen. Was noch? Angebratene Zwiebeln müssen rein. Solche mit und solche ohne Speck. Er braucht also drei Pfannen. Dazu einen Topf, um die Kartoffeln vorzukochen. Dies wird hier nur aufgezählt, um am Ende begreifen zu können, warum er alle vier verfügbaren Herdplatten in Gang zu setzen hat.

Wir hätten es wissen können. Der Däne allerdings nicht. Ihn trifft keine Schuld. In unserem Haushalt funktionieren seit etlichen Jahren nur drei Herdplatten. Die vierte nicht. Das ist in Vergessenheit geraten. Bei uns werden selten mehr als zwei Platten gleichzeitig gebraucht. Bisher hat sich niemand daran gestört. Deshalb kam auch niemand auf die Idee, diesem Umstand abzuhelfen.

Aber jetzt der Däne. Er braucht alle vier Herdplatten für die Bratkartoffeln. Er dreht an allen Schaltern. Wartet, ob alle Platten anheizen. Drei tun es, die vierte nicht. Er wirft einen prüfenden Blick in den Sicherungskasten, um festzustellen, dass alle Sicherungen an ihrem Platz sind und das Problem dort nicht zu beheben ist. Es muss also tiefer liegen. Wieder dreht er an den Schaltern und wieder gehorchen nur drei Platten dem Impuls. Die vierte – so entscheidet er schließlich – ist defekt. Doch nicht sein kann, was nicht sein darf. Getreu dem Motto, dass das, was da ist, auch funktionieren muss, ist er sich sicher, dass der Defekt neueren Datums ist und irgendwie mit ihm zu tun hat. Das darf ein Mann mit wohl sortiertem Werkzeugkasten nicht auf sich sitzen lassen.

Was soll er tun? An einer defekten Herdplatte herum zu basteln ist nicht ohne. Da ist Starkstrom drin. Hektisch beginnt er damit, die einzelnen Schalter abzuschrauben und alle Kontakte zu säubern. Welche Kunstgriffe er noch verwendet, entzieht sich der Kenntnis der Chronistin aufgrund fehlender elektrotechnischer Erfahrungen.

Immerhin schafft er es, die seit Jahren mausetote Herdplatte für Bruchteile von Sekunden zum Leben zu erwecken. Ein letztes postmortales Aufflackern und der komplette Haushalt wird durch einen Kurzschluss lahm gelegt. Nichts geht mehr, jedenfalls nichts, was Strom braucht. Jetzt ist er mit seinem Latein am Ende.

Auf seine Freunde kann er sich verlassen. Er ruft einen polnischen Freund zu Hilfe. Der ist Elektriker und kennt sich damit aus. Vor allem hat er das richtige Werkzeug. Der hilfsbereite Pole ist innerhalb weniger Minuten zur Stelle. Er schreitet beherzt zur Tat, schraubt hier, prüft da und kann den Fehler nicht entdecken. Doch nicht sein kann, was nicht sein darf. Die beiden Männer werden doch jetzt nicht aufgeben? Sie nehmen die gesamte Küche auseinander. Holen alle Großgeräte und Unterschränke von ihrem angestammten Platz, um dahinter nach der Logik der elektrischen Verkabelung zu suchen. Natürlich bleiben bei einem solchen Unternehmen auch die angrenzenden Räume nicht verschont. Warum allerdings die schwere Sofagarnitur am anderen Ende der Wohnung von der Wand gerückt werden musste, wird auf ewig im Dunkeln bleiben.

Jetzt kommt der Philip endlich zum Zuge, der bis dahin nur eine Beobachterposition eingenommen hat und dabei nicht mehr im Wege lag als sonst auch. Wie oft passiert es einem Schnauzer schon, hinter den Küchenschränken herumschnüffeln zu können, um bei dieser Gelegenheit jede Menge verloren Geglaubtes wieder zu finden. Oder darüber hinaus neue Entdeckungen zu machen, die sich in unterschiedlichen Stadien der Verwesung befinden. Besonders reizt ihn die Plastikverpackung der Speckwürfel, die bei dem ganzen Durcheinander heruntergefallen ist. Er schnappt sich das Teil und verschwindet in Richtung Hundekorb. Jetzt ist rasches Handeln angesagt. Der Däne weiß aus leidvoller Erfahrung, dass der Schnauzer gern Dinge verschluckt, die er hergeben soll und nicht immer kommen größere unverdauliche Teile auf natürlichem Weg aus ihm wieder heraus. Bevor es also in der Küche weiter gehen kann, muss eine drohende Notoperation in der Tierklinik verhindert werden. Er und sein polnischer Freund versuchen es mit gutem Zureden. Doch jeder, der einen Schnauzer hat, weiß, dass sie damit sehr schnell an ihre Grenzen stoßen. Der Philip wird bockig, beißt die Zähne fest zusammen. Es beginnt eine wilde Verfolgungsjagd, die möglicherweise die Ursache für die größeren Verwüstungen in der restlichen Wohnung sind. Könnte gut sein, dass dieser Nebenkriegsschauplatz auch die logische Erklärung für die abgerückte Couchgarnitur ist.

Aber wir wollen uns jetzt nicht mit unnötigen Mutmaßungen aufhalten. Die Zeit drängt, die Familie ist im Anmarsch. Mit vereinten Kräften gelingt es schließlich den beiden Männern, die

Plastiktüte in Einzelteilen aus dem Hundemaul zu zerren. Damit wäre ein Problem gelöst.

Zurück in der Küche geht die Suche nach der Fehlerursache weiter. Das wird zunehmend schwierig, weil dort ein unübersichtliches Durcheinander von Schränken, Geräten und herausgenommenen Schubladen herrscht. Schließlich aber wird die Mühe belohnt. Der Freund findet den Fehler. Es ist der Steuerungsmechanismus. Bis dato war der Chronistin nicht bekannt, dass sie so etwas in ihrem Haushalt beherbergt. Immerhin weiß sie jetzt, dass das, was da schon seit Jahren kaputt ist, Steuerungsmechanismus heißt. Den kann man übrigens nicht reparieren, es muss eine neue Herdplatte her. Heute ist Sonntag, die Reparatur muss vertagt werden.

Nun sollen die wichtigsten Küchengeräte wieder angeschlossen werden. Der Herd nicht, der muss geerdet werden, damit er nichts mehr anrichten kann. Die

Waschmaschine und der Kühlschrank werden provisorisch neu verkabelt. Nachdem das Problem zwar nicht behoben, aber immerhin geortet ist, puzzeln die beiden Männer alles notdürftig wieder zusammen, verkabeln neu, was zu verkabeln ist, erden, was nicht mehr funktioniert und schieben Schränke und Küchengeräte wieder auf ihren angestammten Platz. Danach können sie sich den weniger wichtigen Aspekten widmen: Dem Tohuwabohu in der Küche.

Nur zur Erinnerung, Auslöser der Aktion war der Wunsch nach Bratkartoffeln. Also liegen die Zutaten dafür in unterschiedlichen Stadien der Vorbereitung zwischen Schraubenziehern, Winkelmessern und andrem elektrotechnischen Werkzeug unter hastig abgestellten Küchenutensilien. Verständlicherweise fühlen sie sich diesem Inferno nicht gewachsen. Der Däne ruft seine russische Haushaltshilfe an. Sie kommt sofort und stellt sich dem Dreck der vergangenen Jahrzehnte, zu Tage getreten aus

Winkeln, die normalerweise erst beim nächsten Umzug einsehbar gewesen wären.

Innerhalb kurzer Zeit blitzt und blinkt der Haushalt. Die *Hyggeligkeit* ist wieder hergestellt. Nichts deutet mehr auf das Drama der letzten Stunden hin, wenn man von der abgerückten Couch und dem losen Stromkabel absieht, das noch für viele weitere Wochen provisorisch von der Küchendecke abgehängt quer über den Flur zum Sicherungskasten führen wird.

Die Familie findet bei ihrer Heimkehr nur noch den von der Anstrengung ermatteten Dänen mit dem zufriedenem Philip mitten in der aufgeräumten Küche mit den kalten Bratkartoffeln vor. Und da Dänen – wie ja jeder weiß – nicht lügen können, kommt die ganze Geschichte vom kaputten Steuerungsmechanismus, dem polnischen Elektriker und der russischen Putzfrau ein wenig zusammenhanglos ans Licht. Man erfährt auch, dass der Kühlschrank und die Waschmaschine wieder funktionieren und der Philip um eine Operation herum gekommen ist. Die Chronistin ist froh, dass alle Beteiligten überlebt haben. Vor allem ist sie von diesem Akt der Völkerverständigung beeindruckt, besonders, wenn sie sich ausmalt, unter welchem Zeitdruck die drei verzweifelten Nationalitäten darum kämpften, ihr eine aufgeräumte Küche zu übergeben. Wobei sie sich wahrscheinlich wünschten, München läge weit jenseits der Alpen. Von uns aus gesehen.

Was für ein Ereignis! Da tummelt sich innerhalb weniger Stunden halb Europa in einer kleinen Küche im Herzen von Braunschweig. Und, um es auf die Spitze zu treiben, die Herdplatte stammt von einem irischen Hersteller und wird durch ein schwedisches Möbelhaus vertrieben. Nur der Schnauzer, der ist von hier. Er stammt aus Groß Flöthe.

Die Zeichen des Alters

Es gibt Tage, an denen ich morgens in den Spiegel sehe und beschließe, sofort etwas gegen die Zeichen des Alters zu tun. So auch an diesem Morgen. Da ist noch eine halbe Gurke im Kühlschrank. Zum Essen viel zu schade. Ich zerschneide sie in dünne Scheiben und verteile sie großflächig auf meinem Gesicht. Herumlaufen kann ich mit diesem Konstrukt nicht, also lege ich mich auf die Couch und freue mich auf eine halbe Stunde Wellness.

Zu früh gefreut. Der Philip entdeckt sein Frauchen auf Augenhöhe, lecker mit Gurkenscheiben garniert. Er schnüffelt an meinem Gesicht und schwupps...

sämtliche Gurkenscheiben sind in Windeseile verputzt. Wie bitte soll ich mit diesem Hausgenossen in Würde altern?

Lesestoff für Hundefreunde

Auf dem Buchmarkt findet der interessierte Leser viele Hunde-Ratgeber. Zwei davon, aus denen die Autorin wertvolle Tipps für den Umgang mit ihrem Philip entnommen hat, sollen hier vorgestellt werden:

Ursula Bien: Low-Carb für den Hund
Systemend-Verlag, Lünen 2015

Nanu, fragt sich der erstaunte Leser angesichts des Buchtitels, wieso braucht es ein spezielles Low-Carb-Buch für Hunde, wenn deren artgerechte Speisung von jeher aus überwiegend tierischem

Material besteht? Aber es stimmt. Diese unumstößliche Tatsache scheint in den letzten Jahren bei vielen Hundebesitzern in Vergessenheit geraten zu sein. Da wird von manchen allen Ernstes überlegt, den Hund vegan zu füttern, ohne zu erkennen, dass die ethisch-moralischen Bedenken gegen die Qual von Tieren den eigenen Hund ganz offenbar nicht einbeziehen. Einen Fleischfresser vegan ernähren zu wollen, ist zutiefst unmoralisch und erfüllt den Tatbestand der Tierquälerei. Auch ist es nicht zielführend, den dicken Fiffi mit einer Reis-Gemüsediät auf Kohlenhydratmast und damit auf eine (nicht nur für Hunde!) qualvolle Mangeldiät zu setzen.

Mit solchen Vorurteilen räumt das Buch kompetent auf. Sogar gestandene Hundebesitzer erfahren vieles, was sie bisher noch nicht wussten. Auf den ersten knapp vierzig Seiten beschreibt die Autorin alles Wissenswerte, was in den Napf des besten Freundes kommen darf und was auf keinen Fall hinein gehört. Zu letzterem gehören übrigens auch die vielen Fertigfutter. Diese enthalten In der Regel zu viele Kohlenhydrate, zu wenig Protein und nicht genug Fett.

Besonders gefällt, dass die Autorin bei vielen unter Hundehaltern heiß umstrittenen Fragen nicht eindeutig Partei ergreift. Sie zählt konträre Standpunkte auf und beschreibt dazu jeweils ihre Erfahrungen mit dem eigenen Hund.

So interessant der erste Teil des Buches ist, so skurril mutet der anschließende Rezeptteil an. Da wird vermittels professioneller Food-Fotografie und raffinierter Gourmetküche eine Speisekarte vorgestellt, die jeden Sternekoch erblassen lassen dürfte: Thunfisch-Omelett gemischtem Gemüse und körnigem Frischkäse. Hundezabaglione, Frischkornbrei. Geht es vielleicht etwas weniger abgehoben? Dem normalen Hundefreund mit dem normalen Hund wird durch Zutaten wie

Chiasamen, Hanföl, Kokosmehl und laktosefreie Milch wahrscheinlich der Mut zum Nachkochen sinken. Schade. Denn einige Rezepte sind bei näherem Hinsehen durchaus interessant. Das Thunfischomelett ohne Brimborium wird wohl jedem Hund schmecken, auch wenn es auf wenige Zutaten beschränkt bleibt, die ohnehin in jeder Küche zu finden sind. Das Buch wäre richtig gut, wenn die Rezeptentwicklung in den erprobten Händen einer gestandenen Landfrau gelegen hätte und die kunstvollen Fotografien nicht gar so unappetitlich appetitlich wären. Vergessen wir doch bitte nicht, dass es sich um Hundefutter handelt.

Alexandra Horrowitz : Was denkt der Hund. Springer Spektrum 2009

Die Psychologin Alexandra Horrowitz forscht und lehrt am Barnard College der Columbia-Universität zu Wahrnehmungs- und Denkprozessen von Tieren. Ihr

Bestseller „Was denkt der Hund – wie er die Welt wahrnimmt und uns" ist weder ein Hunde-Erziehungsbuch noch ist es ein Hundehalter-Erziehungsbuch. Tipps und Tricks, die dabei helfen könnten, den eigenen Hund zu einem bestimmten Verhalten zu bewegen, darf der Leser nicht erwarten. Auch keine Anleitung zum Erlernen der Körpersprache von Alpha-Wölfen wie es in vielen Hunde-schulen gelehrt wird.

Horrowitz bezweifelt, dass wilde Hunde ursprünglich – wie es Wölfe tun – in hierarchisch geordneten Rudeln leben. Vielmehr sind sie Einzelgänger, die sich – wenn es gerade opportun ist – zeitweise zu sozialen Familienverbänden zusam-men tun. Und genau so leben unsere Haushunde auch mit uns. Sie sind Teil einer Menschenfamilie. Im Unterschied zu wilden Hunden bleiben sie – wenn alles gut geht – lebenslang bei uns.

Horrowitz vermittelt wissenschaftlich fundiertes Wissen über hündisches

Verhalten und verhilft dazu, im Zusammenleben mit dem vierbeinigen Freund die Perspektive zu wechseln. Der Leser erfährt, warum es so faszinierend für viele von uns ist, mit einem „nichtmenschlichen Tier" zusammen zu leben. Vor allem begreift er, welche enorme Anpassungsleistung aufseiten des Hundes dafür nötig ist. Im Gegenzug sollten wir Hundehalter alle unangebrachten und vermenschlichenden Erwartungen ablegen und uns auf das Abenteuer Hund einlassen, indem wir unser „Fellmonster" – soweit es möglich ist – Hund sein lassen.

Besonders gefällt in diesem Buch die gute Mischung aus verständlich formuliertem Wissen und liebevollem Unterton. Ein Must-have für Hundehalter und solche, die es werden wollen.

Vielen Dank an

- Alexander Hoffmann für das einfühlsame Lektorat

- Barbara Walz fürs Gegenlesen und Mutmachen

- meine Tochter Anneke für die schönen Illustrationen

- und an alle in Braunschweig, München und anderswo, die den Philip auch gern haben.

Marianne Reiß
Braunschweig, April 2017

Zur Autorin

Marianne Reiß
Jahrgang 1949

ist Diplom-Trophologin, Ernährungs-therapeutin a.D. und Autorin.
Sie gehört zur Seniorenredaktion von Radio Okerwelle und lebte mit dem *Reiß-Wolf,* ihrem Hund Philip, für viele Jahre in Braunschweig.
Auf ihrer Webseite erzählt sie von ihren Büchern und Geschichten mitten aus dem Leben. Inzwischen wohnt sie in Bremen.

marianne-reiss@info

Weitere Veröffentlichungen der Autorin

Ostern mitten im Dezember

Pfarrhausgeschichten
Books on Demand
2016

92 Seiten, 9,20 €

Die Kurzgeschichten vermitteln überraschende Einblicke in den Kosmos eines evangelischen Pfarrhauses. Die Autorin erzählt von einer Dekade ihres Lebens, in der sie als Ehefrau eines Pfarrers den Alltag und die Gepflogenheiten christlicher Gemeinden kennen lernen durfte. Von Haus aus ohne kirchlichen Hintergrund und immer bereit, allen Dogmen die Stirn zu bieten, geht die junge Pfarrfrau fröhlich, pragmatisch und unbekümmert ans Werk. Sie sorgt dafür, dass das Leben im Pfarrhaus rund läuft und entwickelt frische Ideen für das Gemeindeleben. Bis heute - viele Jahre später - ist sie sich nicht sicher, ob ihre Kreativität den Zuspruch aller Gemeindemitglieder gefunden hat. Lassen Sie sich überraschen von humorvollen, spritzigen und auch berührenden Geschichten aus dem Innenleben eines Pfarrhauses.

Reste-Essen reloaded

Die Tipps und Tricks der Nachkriegsküche

Books on Demand
2017

152 Seiten, 9,90 €

Das Brot ist schon wieder trocken, die Banane hat matschige Stellen und vom gestrigen Mittagessen sind noch Nudeln übrig? Ein Fall für die Biotonne? In vielen Haushalten ist dies leider Alltag. Dabei können aus nicht mehr ganz frischen Lebensmitteln viele leckere Gerichte gezaubert werden.

Man muss kein Chefkoch sein, um ein altbackenes Brötchen zum armen Ritter zu schlagen.

Das schaffen auch Koch-Anfänger. In dieser kleinen Rezeptesammlung verraten Nachkriegshausfrauen wie auch ihre Töchter und Söhne, was man aus Essensresten alles zubereiten kann. In Topf oder Pfanne kommt rein, was vor dem nächsten Einkauf noch da ist. Das Ergebnis kann mit jedem Gourmet-Tempel mithalten. Schlichte Hausmannskost besticht durch ihre Einfachheit. Sie kommt mit wenigen Zutaten aus, gelingt fast immer und schmeckt wie bei Muttern.

Dame mit Hut

Radiogeschichten

Books on Demand
2019

152 Seiten, 9,60 €

Eine Dame mit Hut havariert mit einem Taxi. Eine andere entdeckt beim Kelleraufräumen das Wesen des Mannes. Eine kleine Sünde wird sofort geahndet. Ein Reisender macht die Erfahrung, dass die Welt auch nur ein Dorf ist. Eine Hochzeitsreise endet auf vielen Umwegen doch noch in Venedig.

Das Leben ist voller Überraschungen. Geschichten passieren oftmals vor unserer Haustür. Man muss nur einkaufen gehen, einen Wasserhahn nicht richtig zudrehen oder mit der Deutschen Bahn reisen.

Mitglieder der Seniorenredaktion von Radio Okerwelle 104,6 erzählen Geschichten mitten aus dem Leben, alle selbst erlebt und nicht erfunden.